Colección ao coidado de: Helena Pérez

Ilustración cuberta: Manolo Uhía
Deseño cuberta: Miguel Vigo
Produción: Xosé M. García Crego

1ª edición: marzo, 2007

Dr. Marañón, 12. 36211 VIGO.
xerais@xerais.es
ISBN: 978-84-9782-574-0
Depósito legal: VG. 244-2007
Printed in Spain
Impreso en Orymu, S. A.
Ruíz de Alda, 3-5
28320 Pinto-Madrid

merlín

Honorato, o rato namorado

Antonio García Teijeiro

Ilustracións de **Manolo Uhía**

EDICIÓNS **XERAIS** DE GALICIA

A todas as persoas que son quen
de engaiolar os nenos
coa palabra poética.
E, coma sempre,
a Susi, Antón e Noa.

Honorato non sabía se era poeta
ou non era poeta.

A Honorato gustábanlle
as palabras. Pintábaas de cores.

Palabras azuis para falar do ceo,
do mar e, mesmo, do vento.

Palabras verdes para falar
dos campos, das ilusións,
das esperanzas.

Palabras amarelas para falar
da luz, do Sol, do agarimo.

Palabras negras para falar
de guerras, de aldraxes, de tristura.
Palabras laranxas para falar
do tempo, de risas, de amizade,
de xogos, de apertas.
Palabras grises para falar
de enfados, de egoísmos, de tronos,
de treboadas, de invernos.
Palabras vermellas para falar...,
para falar ¡de amor!
Si, porque Honorato
estaba namorado.
¿De quen estaba Honorato
namorado?
Iso é algo que axiña saberemos.
O que si podemos dicir é que
Honorato era un poeta.
El sempre admirara o poeta
máis importante
do País dos Ratos.
Sempre lera os seus poemas
sobre as estacións do ano.

Sempre gozara cos seus xogos
de palabras, coa súa intelixencia,
coa súa maxia.

Frederick fora sempre ese modelo que lle permitira soportar os seus sentimentos amorosos non correspondidos.

Honorato emocionárase cando Frederick escribira que recollera raios de sol para os fríos e escuros días do inverno.

POESIA

¡Canto necesitaba el desa calor ao ser un rato namorado da Lúa!

A Honorato treméralle o corpo cando escoitara e lera a Frederick dicindo que recollera cores para o inverno gris.

¡Que gris era o seu inverno de rato namorado da Lúa!

Honorato vivía na rúa. Si, si, como o escoitades. Honorato vivía na rúa metido nun calcetín. Seguindo o reflexo da Lúa fuxira da palleira onde residía coa súa familia.

Seguindo o reflexo dunha Lúa caprichosa, altiva, presumida, chegara a unha vila onde os coches lle pasaban rozando a moita velocidade, onde a xente andaba de aquí para alá cunha présa endiañada, onde o ruído era algo habitual, onde os rapaces lle guindaban pedras

en canto o vían aparecer, onde pasaban tantas cousas ás que el non estaba acostumado.

A Honorato nada de todo isto lle importaba porque se bañaba no lueiro dunha Lúa á que amaba.

Mais ela non semellaba reparar no seu esforzo para chamar a súa atención.

Mais ela non quería escoitar as palabras fermosas que Honorato lle escribía, lle dicía en voz baixa ou lle enviaba por unha pomba que se atopara con el e fixera algunha vez de mensaxeira dos seus amores sinceros.

E Honorato lembraba a Frederick. E escribía poemas. Facíao nunha vella biblioteca pechada situada nunha rúa pequena da vila á que chegara.

Dera cun burato, entrara por el e viuse logo rodeado de libros vellos, moitos libros cheos de po colocados en andeis, libros abandonados e, supuña el, tristes. Libros perdidos no tempo. Libros
de poemas, de narracións
fantásticas, libros de aventuras,
libros de contos populares,
libros e libros e libros.

Honorato colleu un par deles
e poñendo un encol do outro
fixo unha mesa. Colleu un terceiro
e serviulle de asento. E tras ler
moitos libros de poemas
que o engaiolaron, Honorato púxose
a escribir. Así lle fixo o seu primeiro
poema á Lúa.

Lúa con trenzas de prata
e con ollos encantados,
deixa caer uns biquiños
no meu rostro namorado.

Lúa que vives no azul
do ceo e no mar salgado,
cubre o meu leito de rosas
e de aloumiños dourados.

Lúa que bailas xeitosa
polcas e valses nos prados,
pousa esas notas tan ledas
no meu corpo engaiolado.

Este poema envioullo a dona Lúa por medio de Matilde, a súa pomba amiga, mensaxeira do seu amor, que o visitaba, de cando en vez, no seu recuncho.

Despois foi escribindo moitos máis. E recitáballos en voz alta ao principio, logo berráballos para que ela se decatase. Facíao dende a rúa, houbese sol ou chovese a cachón.

A Lúa ten un vestido
feito con tea de flores
verdes, lilas e amarelas
e con árbores de cores.

¡Que fermosa vexo a Lúa
cando vai vestida así!
¡Oxalá que un día a Lúa
pasee preto de min!

Deulle por escribir emocionado, moi emocionado.

Pero a Lúa brillante ás veces, máis pálida, outras, permanecía indiferente.

El seguía escribindo,
recitando,
berrando poemas
coma este:

Lúa
mollada,
deixa unha pinga
aquí na praia.

Lúa
tristeira,
deixa unha bágoa
aquí na leira.

Lúa
enmeigada,
deixa un feitizo
aquí na estrada.

Lúa
riseira,
deixa un sorriso
aquí na feira.

Lúa
calada,
déixame un bico
de namorada.

Tanto, tanto insistiu el que a Lúa pousou os ollos sobre aquel punto minúsculo nunha vila calquera que se dirixía a ela con insolencia. E escoitaba.

. . . .
. . . .
e sen a Lúa toliña
que perdeu o corazón,
todos os ratos do mundo
imos perder a razón.

Ela ficou abraiada. Non sabía que pensar e déronlle ganas de rir. Non sabemos ben se o fixo ou non. Polo menos ninguén escoitou as gargalladas.

Daquela apagouse a súa luz. Era coma se tivese sono e decidise ir durmir.

Honorato sentiuse desprezado. Entráronlle desexos de chorar, de aldraxala, de dicirlle palabras e palabras negras e berros para que se decatase da rabia que o envolvía.

Pero non se atreveu. No canto diso, calou.

Cun certo desgusto tomou unha decisión.

Honorato abandonou a biblioteca sen pensalo máis. Todos os libros semellaron dicirlle que non se fose. Que alí entre palabras de todas as cores –non só existían palabras negras– podía ser feliz. Que cada vez que abría un volume, abría un anaco de vida que pagaba a pena vivir. Que en cada verso podía atopar os folgos necesarios para seguir namorándose.

Mais el non fixo caso. Quería saír daquel lugar que lle lembraba o seu fracaso.

Houbo un último intento. Un libro moi agarimoso dun tal Ramón, deixoulle caer estas palabras:

«Se non houbese lúa, os ríos trabucarían o seu camiño.»

Palabras moi fermosas, ben é certo, pero a Honorato nada podía convencelo. Saíu do lugar por aquel burato polo que entrara unha vez e bateu cun lugar onde había un contedor ateigado de bolsas de lixo. Algunhas estaban fóra, case abertas. Reparou nun calcetín de raias de diversas cores. Gustoulle. Achegouse a el. Viu que non estaba roto. Algo gastado si, pero pouco lle importou. Colleuno e dirixiuse cara a uns soportais. Baixo deles encontrou un oco estupendo. Un oco que parecía seguro. Meteuse no calcetín e fixo del o seu fogar durante semanas, meses ou, talvez, anos.

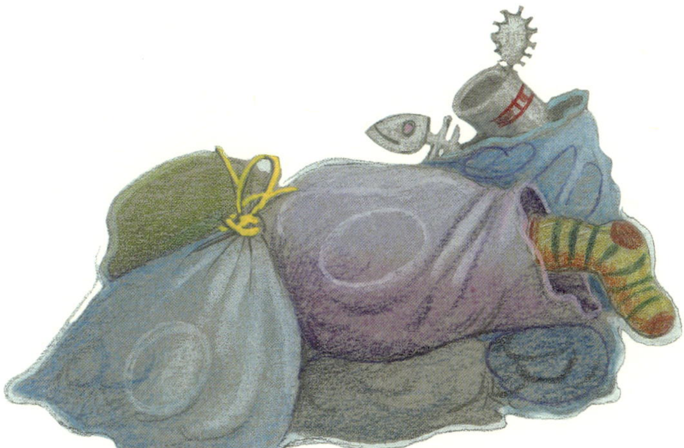

Alí escoitaba as conversas dos vellos e vellas que falaban da vida. Alí escoitaba as conversas dos mozos e mozas que falaban da vida. Alí escoitaba as palabras dos pequerrechos que xogaban na vida.

Alí lembraba as palabras
que un día, non tan distante,
lle dixera á Lúa, cando perdera
as esperanzas de ser amado por ela.
Palabras que lle dirixiu despois
de tres ou catro días no seu novo
fogar. Palabras apagadas e tristes.

Nunca reparas en min;
por iso vivo na rúa
metido nun calcetín.

¡Canto lle custara darse de conta
de que as cousas do corazón
non saían sempre ao gusto
de cadaquén!

Alí foron pasando algúns invernos,
cos seus outonos, as súas
primaveras, os seus veráns.

Alí, nun deses outonos, ou quizais
nalgunha primavera, o rato,
cheo de carraxe e xa definitivamente

vencido, berráralle á Lúa con forza, alporizado:

—¡Xa non estou namorado!

Alí, nese calcetín, Honorato viviu ben tempo dun xeito aburrido e monótono ata que un día, sen dicir nada a ninguén, desapareceu para sempre sen deixar rastro.

Sentín moita curiosidade
por un personaxe tan singular.
Un rato namorado da Lúa.
¡Canta xente chegou a namorarse
dela ao longo dos séculos!
Sentín tanta curiosidade
por Honorato, como a sentira anos
antes por Frederick, o meu mestre,
a quen cheguei a coñecer
nun escondedoiro entre as pedras,
certo inverno nun lugar
que non ten nome.
Lembro algunhas preguntas
que Frederick deixaba voar no aire.

—¿Quen derrete o xeo?
—¿Quen acende a lúa?

Preguntas intelixentes. Preguntas inzadas de poesía. Preguntas sen resposta. Preguntas que só Frederick era quen de facer. ¡Que gran poeta!

Ben, pois agora interesábame Honorato. Daquela, fun aos soportais onde pensaba que vivía. Non dei con el. Si estaba o calcetín.

Máis descolorido que nunca, supoño. Máis vello. Máis sucio. Unha mostra clara do paso do tempo. Pero de Honorato, nada de nada.

Quizais volvese canda á súa familia, ou quizais estivese nunha residencia de ratos, ou andase polas fragas dicindo os seus poemas aos animais que viven por eses lugares.

Non o sei.

Oxalá que chegue a ser feliz, se non o é.

Mañá, cando uns homes do Concello se poñan a recuperar a biblioteca abandonada, como mandou o alcalde, entrarei por calquera burato na busca dalgún rastro de Honorato.

Encataríame dar con algún
dos seus poemas ou con algún
obxecto que lle pertencese.

Honorato é, seguro, un ser
especial.

Talvez non atope nada del
endexamais pero ides permitirme
que escriba eu, que son outro rato
namorado da Lúa, un poema
moi pequeno na súa lembranza.

No ceo ademais da Lúa
hai unha chea de estrelas.
Son guapas e agarimosas.
Namórate dunha delas.

E se algún día chega a saber deste poema, estea onde estea Honorato, oxalá sinta a calor da palabra poética. Porque non debemos esquecer, como di Ramón no seu libro, que «a Lúa ten cara de xorda».

Ao mellor, penso eu, esa foi a razón pola que dona Lúa non escoitou as palabras de Honorato.

¡Quen sabe!

Eu prefiro crelo así porque, debo dicírvolo, estoulle a escribir á Lúa Lueira algúns poemas que me parecen fermosos.

E quero que os escoite.

Colección MERLÍN

Títulos publicados

DE 7 ANOS EN DIANTE

A cidade dos desexos (5ª edición),
de Agustín Fernández Paz

A nena de auga e o príncipe de lume (4ª edición),
de Xabier P. Docampo

O león e o paxaro rebelde (2ª edición),
de Bernardino Graña

Servando I, rei do mundo enteiro,
de Paco Martín

Rimas con letra (4ª edición),
de Gloria Sánchez

Fafarraios (2ª edición),
de Gloria Sánchez
Premio Merlín, 1990
Lista de Honra do IBBY, 1994

Un robot pequeno (3ª edición),
de Paco Martín

Ventos (2ª edición),
de Antonio García Teijeiro

Roseira do teu mencer,
de Xosé María Álvarez Blázquez

Don Merlo con chaqueta,
de Helena Villar Janeiro

Andanzas e amizades dun robot pequeno,
de Paco Martín

O capitán Ro e o gato Bo,
de Gloria Sánchez

A raíña de Turnedó
de Gloria Sánchez

O trasno de Alqueidón (2ª edición),
de Marilar Aleixandre
Premio Rañolas, 1996

Iria e a lúa (2ª edición),
de Oli

O cacarabicolé,
de Ana Mª Fernández

Cuco, cuquelo, ¿que tes no fardelo?
de Xoán Babarro González

Lolo,
de Pablo Otero "Peixe"

A campá da lúa,
de Helena Villar Janeiro

Anamarciana,
de Alberto Varela Ferreiro
Premio de Lecturas GALIX, 2002

Un saquiño de contos (2ª edición),
de Xoán Babarro, Fina Casalderrey,
Antonio García Teijeiro, Gloria Sánchez

A casa de había unha vez,
de Ana Mª Fernández

Un tren cargado de misterios (3ª edición),
de Agustín Fernández Paz
Premio de Lecturas GALIX, 2003

A pantasma da torre,
de Lourdes Maceiras
Premio de Lecturas GALIX, 2004 (Ilustración)

Derradeira carta aos Reis Magos,
de Fina Casalderrey

Anamarciana: Vacacións en Europa,
de Alberto Varela Ferreiro

Ota quere voar (3ª edición),
de Ánxela Loureiro
Premio de Lecturas GALIX, 2005 (de 8 a 10 anos)
Premio Literario Frei Martín Sarmiento, 2005 (de 8 a 10 anos)

Xan e Pericán,
de Daniel Ameixeiro

O espello e o dragón,
de Xavier Queipo

Anamarciana no Planeta Vermello,
de Alberto Varela Ferreiro

Eu conto, ti cantas...,
de Mª Victoria Moreno

¿Quen me quere adoptar? (2ª edición),
de Fina Casalderrey

Glub, o incrible peixe-bala,
de Isabel Freire

Natasha e Dimitri,
de Antonio Yáñez Casal
Finalista do Premio Merlín, 2005

A pedra e as formigas,
de Jacobo Fernández Serrano

Honorato, o rato namorado,
de Antonio García Teijeiro